KB138718

망각 일기

망각 일기

세라 망구소

양미래 옮김

애덤에게

나는 25년 전부터 일기를 썼다. 단어로 따지면 80만여 개에 달하는 분량이다.

아무것도 잃고 싶지 않았다. 그게 내가 가진 가장 큰 문제였다. 내게 일어난 모든 일을 기록하지 않고 하루를 마감하는 것을 견딜 수 없었다.

나는 지나간 시간을 반추하다가 정신이 마비되고 싶지 않아서 나 자신에 관해 썼다. 그렇게 하면 어떤 일이 일어났는지에 관한 생각을 멈추고 하루를 마무리 지을 수 있었다.

하지만 그 이유 때문만은 아니었다. 나는 내가 진심으로 삶에 열중하고 있었다고 말하고 싶어서 썼다. 경험 그 자체로는 충분하지 않았다. 일기는 삶의 마지막 순간에 정신을 차렸을 때 내가 뭔가를 놓쳤다는 사실을 깨닫는 일을 막기 위해 동원한 방어기제였다.

일기 없는 삶을 상상하면, 단 일주일이라도 일기 없이 사는 삶을 상상하면 순식간에 공황 상태에 빠져들었고, 그럴 바에는 차라리 죽는 편이 낫겠다고 생각했.†

문제는 내가 충분히 많은 기록을 남기지 못했다는
사실이다.

어떤 순간에 대해 써 놓고 나면, 그보다 그 순간을 둘러싼
글로 쓰지 않은 시간이 양적으로 훨씬 많았다. 나는
너무나도 많은 무(無)의 시간을, 언뜻 보기에 아무것도
아닌 시간을, 기억할 만한 순간들 사이에 존재하는 텅 빈
시간으로 취급했다.

공적 공간에서도, 사적 공간에서도, 한밤중에도,
움직이는 차 안에서도 부단히 애를 썼지만, 그렇게 해도
내 삶 전체를 언어로 복제할 수 없다는 사실을 알고
있었다. 내 삶의 대부분이 육신처럼 완전히 사라지고
잊히리라는 사실을 알고 있었다.

일기를 써도 소용없다는 사실을 처음부터 알고는
있었지만, 그렇다고 쓰기를 그만둘 수는 없었다. 쓰지
않고는 시간 속에서 길을 잃지 않는 방법을 단 한 가지도
떠올릴 수 없었다. †

모든 순간을 기록하려 했지만, 시간은 순간만으로
구성되는 것이 아니다. 시간은 순간을 포함하고 있다.
시간은 순간 말고도 많은 것을 담고 있다.

그래서 나는 텅 빈 시간처럼 보이는 순간에 주의를
기울이려 애썼다. 내 작문 수업을 듣는 학생들에게 20분,
30분, 40분 동안 가만히 앉아 있으라고 한 다음, 거의
아무 일도 벌어지지 않은 시간에 관한 글을 쓰게 했다.
그러고는 아무 일도 벌어지지 않은 직전의 시간에 관한
글을 그 시간 직후에 다 같이 읽으려고 항상 교실과
복사실을 달음질로 오갔다.

내가 시간 속에서 점하는 위치를 이해하고 싶었다.
그렇게 해서 변화하는 내 자아를 가능한 한 완전히,
가능한 한 쓸모 있게 활용하고 싶었다. 비틀비틀
서성이면서, 비몽사몽간에, 내가 세상에 진 빚이 뭔지도
모르는 채로, 살아 있는 동안 꼭 해보고 싶은 일이 뭔지도
모르는 채로 살고 싶지는 않았다. ✝

일기 쓰기는 무엇을 생략할지, 무엇을 잊을지를 솎아내는
선택의 연속이다.

기억할 만한 샌드위치 하나, 기억할 만하지 않은 층층의
계단. 아무도 기록하지 않는 수다스러운 말소리로
가득한, 기억할 만한 잠깐의 대화.†

사람들은 왜 일기를 쓸까? 수감자, 탐험가, 섭정(攝政)*이 일기를 쓰는 이유는 선명하지만, 그들 말고도 수많은 사람들이 미래 전체를 향해 고아하게 말을 건다.

나도 그렇게 미래를 향해 말을 거는 사람이지만, 누군가를 향한 글을 쓰지는 않는다.

나는 어느 공책 표지 안쪽에 미래의 나에게 보내는 사랑 편지 삼아 시 몇 구절을 필사해 두었다.

그대가 다 늙어 머리는 허옇게 세고 잠이 늘어
난롯가에서 꾸벅꾸벅 졸 때, 이 책을 꺼내어
천천히 읽으며 떠올려봐요. 한때 그대 눈이 지녔던
그 유순한 눈빛과 깊은 그림자를⋯.**†

---

* 군주국에서 군주를 대신해 나라를 다스리는 사람.
** 윌리엄 버틀러 예이츠의 시 「그대가 늙거든(When You Are Old)」.

11

하이퍼그라피아(*hypergraphia*), 글을 쓰고 싶은 주체할 수 없는 열망. 그라포마니아(*graphomania*), 글을 쓰고 싶은 강박적 충동. 이런 것들에 관심이 있다면 유명한 사례들을 한번 찾아보시라. 내 문제를 해결하는 데는 좀처럼 도움이 되지 않았지만 말이다. †

많은 여자아이들이 그렇듯 나도 일기장을 선물 받은 적이 있다. 장마다 테디 베어가 그려진 일기장이었다. 이따금 나는 의무감에 사로잡힌 채 일기장을 펼치고 일기를 썼다.

아홉 살 때, 해마다 엄마, 아빠와 찾던 해변에 그 일기장을 가져갔다. 엄마는 내가 일기 쓰는 걸 잊을까 봐 밤마다 일기를 쓰라고 일러주었다. 유쾌하지 않은 숙제였다. 엄마가 내게 '구도심 번화가의 상점들은 모든 사람이 내부를 볼 수 있도록 문을 활짝 열어둔다' 같은 문장을 불러주고 받아쓰기를 시키던 기억이 떠오른다.

그때는 일기장이 필요하지 않았다. 내가 얼마나 많은 것을 잊는지를 아직 모르던 때였다. †

간혹 일기 쓰기를 매일 하는 운동이나 기도나 자선
활동처럼 고결한 행위로 간주하는 사람들을 만난다.
시도만 몇 년째예요, 라고 그들은 말한다. 매년 1월이면
일기를 쓰기 시작해요, 라거나 전 기본자세가 안
돼 있어요, 라고도 말한다. 그들은 나를 의지력이나
정신력이 강한 사람이라고 생각한다. 저는 일기를 쓰지
않는 편이 더 힘든 걸요, 하고 해명해 본다. 내게 일기
쓰기는 (한 친구의 말을 빌리자면) 지긋지긋한 숙제
같은 것이 아니다. 운동을 하거나 돈이 되는 일을 하거나
불운한 사람들을 돕는 데 시간을 쓰는 대신 나는 일기를
쓸 따름이다. 하나의 악습인 셈이다. †

내가 본격적으로 일기를 쓰기 시작한 것은 매 순간이
너무나 감당하기 벅차다고 느끼기 시작했을 때다.

1980년대 후반에 어느 전시 개관 행사에 간 나는 와인이
담긴 플라스틱 컵을 들고 좋아하는 친구와 나란히 서서
그림 한 점을 보고 있었다. 그때 모든 것이 너무 벅찼다.

그날 밤까지 얼마간 그 순간에 사로잡혀 있던 나는 그날
있었던 모든 일을, 그날 있었던 모든 일에 대해 생각하는
동안 머릿속에 떠오른 모든 기억을, 머릿속에 떠오른
모든 기억을 기록하는 동안 내가 생각한 모든 것을 썼다.

그러지 않고는 못 배길 것 같은 기분을 그날 처음 느낀
것은 아니지만, 그날에 관해 쓰는 동안 이러한 자기 기록
행위를 앞으로 하나의 일과로 삼아야겠다는 깨달음이
찾아왔다.

오늘이라는 시간은 몹시 벅차다. 하지만 문제는 오늘이
아니다. 문제는 내일이다. 내일이 없다면 나는 오늘
안에서 회복할 수 있을 것이다. 진짜 하루하루 사이에
여분의 하루하루가, 완충 역할을 하는 하루하루가
필요하다.

하루 이상 아무 기록도 남기지 않고 시간을 그저
흘려보낸다면, 두렵지만 그렇게 해본다면, 나는 그
시간에 휩쓸려 사라질 것이고, 무언가를 지속하는 행위의 →

→ 목적을 더는 기억하지 못할 것이다.

이후 25년이 흐르는 동안 일기 쓰기는 내 하루 치의
청결을 책임지는 필수 일과가 되었다. 일기 쓰기를
그만두느니 차라리 씻지 않는 편을 택할 것이다. †

나는 첫 일기장으로 쓰던 노란색 스프링 노트를
수학 공책으로 둔갑시켰다. 표지에 검은 펜으로
삼각법이라고 적기만 하면 됐다. 그 후에도 새 일기장을
쓸 때마다 당시에 수강 중인 수학 과목명을 적었다.
대학 첫 학기에는 컴퓨터에 미분방정식이라는 문서를
생성했다. (미분방정식 수업에서 C+를 받고) 선형대수학
과목의 수강 신청을 하지 않은 두 번째 학기에는
새 문서를 생성한 뒤 미분방정식 1993으로 저장했다.
그때부터 매년 나는 새로운 문서를 생성하고, 상위의
수학 과목명으로 파일을 저장하면서 내가 중요하다고
생각한 모든 것을 감췄다. 그 누구도, C+를 받는 학생이
아닌 이상, 그 파일을 열어볼 리 없다고 생각했다.

여전히 나는 식당에서든 기차에서든 작은 공책에 일기를
쓰고 매서운 기세로 뜯어고친 다음 끝내 지우지 않은
글자들을 미분방정식 2014파일에 옮겨 쓴다. †

어느 날 오후 나는 이 도시에서 저 도시로
데려다주겠다는 한 친구의 청을 거절했다. 그 친구는
20대를 넘기지 못하고 생을 마감했다. 그때 나는
학교까지 네 시간이 걸리는 버스를 타지 않으면, 여행을
하는 동안 내게 벌어진 일에 대해 생각하고 글을 쓰지
않으면 그날 오후를 넘기지 못할 것 같았다. 기억을 담을
그릇이 꽉 차 있었다. 비상사태였다. 당장 비워야 했다.

사실 아무 일도 일어나지 않았다. 그러나 내게는 기억을
공책에 옮겨 담을 네 시간이 필요했다.†

당일에, 수일이 지난 후에, 때로는 수년이 지난 후에도
일기를 고쳐 쓴다. 그러나 누군가가 내 일기를 읽기 바란
적은 단 한 순간도 없다.

이 이야기를 들은 사람은 하나같이 내가 일기를 고쳐
쓰는 이유를 납득하지 못한다. 하지만 제대로 쓰지 않은
일기는 내 삶의 진정한 기록물이 아니라 한낱 쓰레기에
지나지 않는다. 내가 일기를 쓰는 이유는 일기장으로
내 존재를 빈틈없이 떠받치고 싶기 때문이다. †

매일 밤 똑같은 기억을 똑같은 단어로 쓰면 어떨까?
그렇게 해도 매일 밤 기억이 조금씩 희미해지면 어쩌지?
기억이 연이어 떠오르고 글로 술술 써지기는 하는데 기능
면에서는 아무 쓸모가 없으면 어쩌지?

지난 20년 동안 이 질문에 확신에 찬 대답을 할 수
없었기에, 나는 매일매일 그날 벌어진 일에 대해 썼다.
이 문장을 다 쓰고 나면 늘 그랬듯 오늘 벌어진 일에 대해
쓸 것이다.

문서를 열면 일단 스크롤을 맨 아래로 내릴 것이다.
문서를 열 때마다 첫 장이 아닌 (결코 끝나지 않는)
끝 장이 먼저 보이도록 단축키를 설정해야겠다고
생각하면서 자판을 내려다볼 것이다. 그런 다음 숫자와
구두점을 눌러 날짜를 입력할 것이다. 그 아래에는
단어들을 입력할 것이다. 그런 다음에는 파일을 닫을
것이다. 그리고 매일 최소 한 번은 그 파일을 다시 열어볼
것이다. †

나는 작가들이 출판을 염두에 두고 쓴 작품보다 그들의 일기를 선호할 때가 많다. 뭐랄까, 문체나 형식이라는 방해물 없이 내용과 만나고 싶은 마음 때문인지도 모르겠다. 하지만 당연하게도 모든 글은 문체와 형식을 품고 있고, 좋은 글에서는 그런 것이 방해물이 되지 않는다.

한 친구는 내게 이렇게 말했다. 아무도 쓴 적 없는 문장을 쓰고 싶어. 문체라는 방해물이 없는 순수한 전달 체계를 만들어내겠다는 목표. 아무도 알아차리지 못하는 형식을 만들어내겠다는 목표. 감정을 전달하는 수단이 아니라 순수한 감정에 가까운 것을 만들어내겠다는 목표. 순수한 경험으로서의, 순수한 기억으로서의 언어. 나 또한 그런 불가능한 목표를 달성하고 싶었다. †

처음으로 누군가가 내 일기를 읽은 사건은 1992년에
일어났다. 대학에 입학해 기숙사로 짐을 옮긴 날,
스웨터와 일기장을 담아둔 커다란 상자를 열어보았더니
들어 있는 건 스웨터뿐이었다.

그건 필요하지 않을 것 같아서, 라고 아빠는 말했다.
새 룸메이트 두 명과 룸메이트의 가족들도 있는
자리였다. 나는 아무 말도 하지 않았다. 그 시절 내
일기는 대체로 엄마가 싫다는 내용이었다.†

2년 후, 하룻밤 새 다섯 편의 리포트를 써야 하는 남자 친구에게 노트북을 빌려주었다. 다음 날 아침 노트북을 돌려받았더니 늘 텅 비어 있던 바탕화면 한가운데에 작은 워드 아이콘이 있었다. 워드 문서의 제목은 '읽어줘 세라' 였다. 그 문서는 이렇게 시작했다. 어쩌다 네 일기를 읽게 됐어. 75쪽을 전부…. 그는 사과의 말을 남기지 않았을 뿐 아니라, 내가 더 나은 사람이 되려면 그의 전문적인 도움이 꼭 필요하다면서 동정을 표하기까지 했다. 이것 말고 또 어떤 내용이 있었는지는 딱히 기억나지 않는다.

일기에 적힌 무수히 많은 글자들 사이에서 그가 발견한 진실은, 내 안에 그의 존재감이 희미하다는 사실이었다. †

대학 졸업 후 나는 한 아파트에서 네 명의 룸메이트와
살았고, 그중 한 명과 이따금 부둥켜안고 잤다. 어느
날 그는 내가 그를 수신인으로 쓴 다음 그의 이름으로
저장해 둔 편지들을 비롯해 나의 전 남자 친구가 남긴
워드 문서까지 열어보았다. 처음에는 부인하더니
나중에는 그 파일들을 열어봤다고, 하지만 양심의 가책이
밀려와 내용은 읽지 않고 닫았다고 시인했다.

노트북에 비밀번호를 설정하거나 문서를 잠가두거나
아예 노트북을 숨기는 식으로 내 일기를 보호할 수도
있지만, 그렇게 귀찮은 일을 감수할 만큼 신경이
쓰이지는 않았다. 나에게 일기장은 비밀이 담긴 보물
상자가 아니다. 그건 단지, 모든 것이다. 어쩌면 일기에
나 자신이 드러나지 않도록 숨기는지도 모르겠다. 지금도
나는 누가 내 일기를 읽건 말건 신경 쓰지 않는다. †

2000년대에 접어든 지 얼마 되지 않았을 무렵 나는
일기를 처음부터 끝까지 죽 읽었다. 1996년에는 중요한
일이 하나도 없었던 것 같아서 그해 일기를 통째로
날려버렸다.

고등학생 시절에 쓴 일기장은 이미 갈가리 찢어버렸다.
다른 사람이 못 보게 하려는 것이 아니라 나 자신이 보지
못하게 하고 싶었기 때문이다. 그러고 보면 나는 모든
것을 기억하고 싶지는 않은 것 같다.

감당할 수 있을 만한 일만 기억하고, 그 일이 전부였다는
확신을 품고 싶다. †

1996년을 통째로 날려버리고 몇 년이 지났을 때,
한 친구가 내게 최면을 걸어봐도 되냐고 물었다.

내가 몇 달 전에 잠자리를 한 번 했을 뿐 두 번 다시
본 적도 없는 사람에 대해 계속 생각하는 이유를 알고
싶다고 했다.

나는 그러라고 했다. 그리고 누웠다.

친구는 줄에 연결된 펜던트를 내 얼굴 위에서 좌우로
움직이며 두 눈을 감으라고 했다.

당신이 그런 문제적인 상상을 끊어버리지 못하는 이유가
뭘까요?

불현듯 답변이 떠올랐다. 그제야 처음 안 사실에 놀라지
않을 수 없었다. 원치 않으니까요.

나는 그 답을 일기에 적었다. †

일기를 쓰기 시작한 후 처음 5년 동안 내가 안았던 사람들의 연대기가 잘 기억나지 않는다. 내 일기장에 도움을 청해야 할 것 같다.

그 시절의 나는 계속 절묘한 순간을 좇고 있었다. 여덟 번째 순간을 포착했을 즈음에는 이미 아홉 번째와 열 번째 순간을 좇고 있었다.

열세 번째 순간을 포착할 무렵에야 깨달았다. 내가 기다림을 참지 못하는 사람이라는 사실을 마침내 받아들일 수밖에 없었다. 앞만 보고 내달리려는 내 기세는 잠깐 스치는 것조차 불가능할 만큼 도통 멈출 줄 몰랐다.

나는 내가 맹렬한 기세로 다음 사람을 향해 나아가고 있는 거라고 생각했지만, 실제로는 이전 사람에게서 달아나고 있을 뿐이었다.

내 행동은 시간에 완전히 휩쓸리기 전에 시간을 멈추려는 시도였다. 안전하게 지내려는 시도, 삶과 시간이 글로 써낼 수 없을 만큼 서로 뒤얽히기 전에 초연한 관찰자의 입장에서 내게 벌어진 일을 분리해 두려는 시도였다.

내 행동의 원인을 이해한 후부터는 어떤 일에 전력을 다할 때마다 순수한 잠재력을 발휘하고 싶다는 소망을 조금씩 내려놓게 되었다.†

내가 끊임없이 사람들을 떠난 건 상상력이 부족한 탓이었다. 과거의 내가 볼 수 있는 것이라고는 시작과 끝이 전부였다. 살아가는 순간, 기록하는 순간, 그리고 기록한 후에는 안전하게 잊는 순간. 그게 전부였다.

모든 것의 시작과 끝에 대한 흥미를 잃기 시작했을 무렵, 나는 내가 다음 단계로 나아가고 있다는 사실을 깨달았다.

한때는 단발적이고 비극적인 사랑 이야기에 끌렸지만 그때뿐이었다.

내가 새롭게 매료된 것은 어떻게 시작되었는지 기억이 가물가물할 만큼 너무나도 오랫동안 자신을 헌신하는 종류의 사랑이었다.✝

16세기에 그려진 어느 궁정 하인의 자화상을 처음
본 순간, 나는 깊고 영속적인 사랑에 속수무책으로
빠져버렸다.

그 궁정 하인은 한 공작이 조카의 아내로 점찍어 둔
여자를 사랑했다. 궁정 하인이 여자에게 구애했다는
사실을 알게 된 공작은 두 사람이 다시 만나지 못하도록
수를 썼지만, 수년이 지난 후에는 한 발 물러나서 결혼할
테면 해보라며 24시간의 자유를 허했다. 두 사람은 그
즉시 결혼해 여덟 명의 아이를 낳았다.

언젠가 한 친구가 말했다. 유전자의 놀라운 점은, 뭐랄까,
네가 네 남편과 사실상 함께할 수 있게 해준다는 거야.
친구의 말이 맞다. 누구든 한 번이라도 내 남편을 만나면
그와 나의 닮은 점을 쉽게 알아챌 수 있을 것이다. †

결혼 생활 초기 몇 년 동안은 바로 전날 일어난 일들에
상당한 영향을 받고 많이 휘둘렸다. 나는 결혼 생활이 곧
끝나리라고 확신했지만, 그렇게 되지는 않았다. 문제는
결혼 생활을 지속적인 경험으로 여길 줄 모르는 나의
무능이었다.

한 친구는 이렇게 썼다. 금이 헬륨과 비슷하면서도
헬륨 이상의 무언가이듯, 결혼은 남자 친구나 여자
친구가 생기는 것과 비슷하면서도 그 이상의 무언가다.
전자(電子)의 내부 껍질이 꽉 차면 다음 전자가 다음
껍질을 채우면서 결국 원소의 성질 자체를 바꿔버린다.

결혼은 고정적인 경험이 아니다. 결혼은 지속적인
경험이다. 결혼은 형태를 바꾸지만 언제나 한결같이
제자리에 있다. 얼어붙은 수면 아래로 흐르는
시냇물처럼. 이제 나는 죽음이 우리를 갈라놓을 때까지
이어가기로 한 지속성에 균열이 생긴 느낌이 들면 이렇게
생각한다. 강으로 돌아가렴. †

지금까지 나는 전날과 비교해 달라진 점을 일기에 기록해 왔다. 그런데 가끔 이런 궁금증이 생긴다. 달라지지 않은 점만 기록하면 어떨까? 날씨는 여전히 좋음. 고양이는 여전히 사랑스러움. 똑같은 냄비에 똑같은 귀리 요리를 함. 같은 책을 계속 읽는 중. 같은 방식으로 이불을 정돈하고, 같은 청바지를 입고, 같은 순서로 식물에 물을 줌…. 이게 더 나은, 더 진실한 기록이려나? †

미래만을 꿈꾸며 살아가는 것은 성격적 결함으로 간주된다. 향수에 젖은 채 과거 속에서만 살아가는 것 또한 성격적 결함으로 간주된다. 현재의 순간순간을 살아가는 것은 훌륭한 정신적 자질로 찬사를 받지만, 역사적 교훈을 무시하거나 미래를 위한 계획을 세우지 않는 것은 성격적 결함으로 간주된다.

나는 늘 현재의 순간을 기록해 두어야 다음 순간으로 진입할 수 있는 사람이지만, 성격적 결함으로 간주되지 않는 방식으로 시간을 살아내는 방법을 알고 싶다.

과거의 교훈을 기억하라. 미래의 가능성을 상상하라. 그리고 현재에, 기억을 동원하지 않아도 되는 유일한 시간인 현재에 몰두하라. †

감각 기억은 감각을 인식한 순간부터 0.2초에서 0.5초까지 유지되다가 서서히 희미해진다.

작업 기억 또는 단기 기억은 최소 수초에서 최대 1분까지 회상할 수 있다.

장기 기억은 훨씬 많은 양의 정보를 더 오랫동안, 어쩌면 삶이 끝나는 시점까지 저장할 수 있다. 장기 기억은 운동 기능 학습에 활용되는 절차 기억과 의식적인 회상에 동원되는 서술 기억으로 나뉜다.

서술 기억은 과학자들이 의미 기억이라고 칭하는 기억, 즉 맥락과는 무관한 사실과 관련된 기억과 일화 기억, 즉 특정 시간과 상황에 겪은 개인적인 경험과 관련된 기억으로 세분화할 수 있다.

자전적 기억은 일반적으로 일화 기억에 해당한다고 간주된다.

나는 사실 정보를 충실하게 기록한다. 내 기억보다 더 현실적인 정보가 글에 품위를 더해주기라도 하는 것처럼, 그런 정보가 진실을 드러내 보여주기라도 하는 것처럼.✝

가장 순수한 형태의 기억은 기억상실증 환자의 뇌에
존재할지도 모른다. 기억을 기억함으로써 오염시킬 수
없는 사람의 뇌 속에 말이다. 기억을 회상할수록,
그 기억에 관한 기억은 더 희미해진다. 기억 그리고
세상의 모든 키스는 어쩌면 두 입술이 떨어지자마자
사라지기 시작하는 것인지도 모른다.†

출산은 내가 이름만 아는 19세기 옛 조상들, 그보다 앞선 수 세기에 걸친 익명의 산모들, 그리고 그보다도 더 앞선 태초에 성적으로 분화했던 최초의 동물들을 기리는 행위가 될 수도 있을 것이다.

언젠가, 어쩌면, 누군가는 자신의 조상 중 한 명을 낳은 존재로서 나를 필요로 할 것이다. 그리고 모든 사람의 머릿속에는 내가 아이를 낳았다는 사실과 내 이름이 나에 대한 마지막 기억으로 남을 것이다. 그 밖의 나에 관한 기억은 더 이상 그 누구의 짐으로도 남지 않고 깡그리 사라질 것이다. †

나이를 먹어가며 할아버지는 치매를 앓은 할머니와
함께 살았던 아파트를 비우기 시작했다. 아니, 어쩌면
나이와는 상관없는 일이었는지도 모르겠다.

할아버지는 아무것도 버리지 않았다. 당신 집에서
400미터 정도 떨어진 내 부모님 집까지 차를 몰고 가서
온갖 물건들을 옮겨두기만 했다. 하루는 습기 때문에
찌글찌글해진 문고판 책 더미를, 하루는 색연필 한
상자를, 하루는 다른 무언가를. 부모님은 그 물건 중
일부를 보관했다. 다른 건 몰라도 할아버지의 물건만큼은
할아버지가 세상을 떠난 후에도 계속 남아 있을 것이다.

그리고 나의 부모님도 나이를 먹어가며 아파트를 비우기
시작했다. 그들은 지금 인터넷으로 당신들이 쓰던 물건을
팔고 있다. 그 물건들이 제각기 어디로 가는지 나는 알지
못한다.

부모님과 시간을 보내다 문득 내가 가진 오랜 기억의
무게뿐 아니라 부모님이 가진 오랜 기억의 무게까지
느껴질 때, 나는 비로소 내가 어른이 되었음을
깨닫는다. †

어떤 기억이 떠오르면 나는 와인이나 커피를 한 잔
마신다. 그 한 잔은 기억의 고통을 누그러뜨리는 데
도움이 된다. 그러나 효과가 오래 지속되지는 않는다.
내가 잊고 싶은 기억은 무슨 짓을 해도 절대 잊을 수
없다. 이토록 끈질긴 기억으로 남은 것들에 대한 예의를
차려야겠다는 생각을 한다.

그러고 나면 다시는 아무것도 쓸 필요가 없겠다는
생각이 든다. 아무것도 사라지지 않으니까. 사라진다
해도 완전히 잊히는 건 아니니까. 이미 벌어진 모든 일은
자기만의 방식으로 크고 작은 상흔을 남긴다. †

나는 지금껏 내가 가진 초기 기억의 배경이 주방 한구석이라고 주장해 왔다. 당시 나는 쿠키 단지에서 쿠키를 꺼낸 일로 야단을 맞을 거라고 생각하며 주방 조리대 앞에 서 있었다. 그러나 당연하게도 나의 뇌가 처음으로 학습하고 간직한 기억은 그게 아니다.

육아서의 내용을 곧이곧대로 믿는다면, 나에게 처음으로 입력된 기억은 엄마라는 존재였을 것이다. †

세 살 때 나와 키가 같은 엄마의 침실 협탁 앞에 서서
색 바랜 나사로 고정된 흰 자기 손잡이를 보며 "나는
대체 언제 네 살이 되는 거지?" 하고 말한 일이 기억난다.

네 살 때 다른 아이들과 함께 어느 자연보호 구역에 갔던
일도 기억난다. 자신의 눈길을 사로잡은 것들을 하나하나
손으로 가리키던 한 아이의 모습도 떠오른다.

그 아이는 멸종 위기에 처한 개불알꽃을 발견했다며
극도로 흥분한 상태로 떠들어댔다.

아이들이 하나둘씩 가시 많은 관목 사이로 들어갔다.
높은 나뭇가지들이 머리 위로 그림자를 드리웠다.

나도 관목을 헤치고 들어갔다. 누군가가 손으로
꽃을 가리켰음에도 나는 꽃을 찾을 수 없었다. 아무
꽃도 발견하지 못한 채 진지한 표정으로 서 있다가,
머릿속으로 개불알꽃을 되뇌며 그게 어떤 꽃일지
궁금해할 따름이었다. 한 번도 본 적 없는 꽃. 나는 그
꽃을 미스터리로 남겨둬도 괜찮았다. 아니, 미스터리로
남겨두는 편이 더 나았다. 그래서 다른 아이가 관목의
빈틈으로 들어갈 수 있도록 옆으로 비켜섰다. †

열두 살 때 나는 사진이 내 기억을 망치고 있다는 사실을 깨달았다. 어떤 사건을 담은 사진을 들여다보다 보면 셔터가 열렸다 닫히는 사이에 벌어진 모든 일을 차차 잊어버리게 된다. 그렇게 많은 기억을 잃는 것을 견딜 수 없었고, 뷰파인더를 통해 내 삶을 구경하고 싶지 않았던 나는 사진 찍기를 그만두었다. 그 후 20년 동안 내 삶이 담긴 모든 스냅사진은 다른 사람이 찍어준 것이다. 사진이 많지는 않지만 그것으로 충분하다. †

열네 살 때 망원경으로 혜성을 보려 했는데 하늘에
구름이 잔뜩 끼어 있었다. 여든일곱 살에는 혜성을
볼 거야, 하고 집으로 돌아가는 길에 무심히 생각했다. †

스물세 살 때 정신과에 다니기 시작했다. 어떤 관계가 끝나면 둘이 함께 공유했던 기억이 상대방의 머릿속에서 지워질지도 모른다는 생각, 실제로 벌어진 일들에 관한 기억이 이제는 나 자신의 믿음 속에서만 존재하게 될지도 모른다는 생각을 견딜 수 없었기 때문이다.

내가 기억하려고 애쓰는 순간과 관련된 모든 것을 나만큼 꼼꼼히 기억하는 사람이 오로지 나 하나뿐일지도 모른다는 가능성을 받아들일 수 없었다.

내가 아는 사람들의 기억 속에 존재하는 내 삶은 생리적 부패의 속도에 맞추어 파괴되고 있다. 색깔, 감각, 특정 단어를 사용하는 방식—이런 것들은 곧 송두리째 사라질 것이다. 150년 후 이 세상에 살아 있는 사람들 중에서 나를 아는 사람은 단 한 명도 없을 것이다.

그렇게 세상으로부터 잊히는 것, 그토록 광대하고 지속적인 공백 속으로 들어가는 것은 죽음보다 더 죽음 같다. †

어쩌면 무언가를 정확히 기억하는 최선의 방법은 글로 쓰고 잊어버렸다가 인생의 마지막 순간에 딱 한 번만 떠올리는 것일 터다. 망가진 카세트테이프의 줄을 손으로 돌돌 되감아 플레이어에 넣고 마지막으로 딱 한 번만 듣는 것처럼.

카세트테이프의 시대에는 모두가 카세트테이프에 대한 이야기를 하고 있는 것 같았다. 어떤 은밀한 쇼를 실시간으로 녹음한 유일무이한 카세트테이프를 갖고 있다거나 연락이 끊긴 친구의 마지막 육성이 담긴 카세트테이프를 갖고 있다거나 하는, 하나같이 낭만적인 이야기였다.

나에게는 그런 이야깃거리가 없었다. 어쩌면 모두가 거짓말을 하고 있던 것일지도 모른다. 그래도 상관없다. 이러나저러나 꽤 괜찮은 비유니까.✝

어떤 기억을 소환할 언어가 없어도 그 기억을 소환하는 것이 가능할까? 혹시 나는 기억을 소환할 언어를 갖지 못한 적이 한 번도 없었던 척하며 글을 쓰고 있는 걸까?

인식은 불완전하다거나 기억은 그보다 더 불완전하다는 말은 신경 쓰지 않는다. 다만 내가 기억하는 것을 왜 기억하기로 했는지, 혹은 왜 기억한다고 생각했는지 알지 못한다는 사실은 신경 쓰인다. †

최대한 많은 자전적 기억을 남기는 편이 내게 이로울 것이라고, 글을 쓰며 살아가는 일에 더 공을 들이게 만들 것이라고 생각해 왔다. 그런데 어떤 노작가가 생애 마지막으로 쓴 글에 무시무시한 경고가 담겨 있었다.

그는 삶을 사랑하는 만큼이나 기억을 사랑했는데, 나이가 들고 나서는 구체적인 대상에 대한 향수에 젖어들면 그 향수에 관한 기억 속에서 길을 잃는다고 말했다. 아침이 밝을 때까지 밤새도록 그 기억 속에서 헤맬 수밖에 없다는 것이다.

나는 그에게 팬레터를 보낸 적이 있다. 그는 아흔 줄에 접어들었을 무렵 내가 보낸 팬레터에 답장을 했다. 그리고 이듬해에 사망했다.

나는 그저 내 삶의 기억을 통째로 간직하고, 어디에서든 계획대로 움직이고, 내가 잊고 싶은 것을 잊고 싶을 뿐이다.

행운을 빌어요, 라고 죽은 자가 속삭였다. †

내 의지보다 강력한 힘을 가진 어떤 것들—질병과 진단, 죽음, 깨뜨릴 수 없는 서약—에 통제권을 넘겨주게 만든 경험들은 어떤 일의 시작도 끝도 아니었다. 그건 바로 시작도 끝도 허구라는 것, 역사는 시작하거나 끝나지 않고 계속된다는 것을 인정할 수밖에 없는 순간이었다.

부단히 애를 쓰면 아주 잠깐 동안은 이런 생각을 해볼 수 있었다. 죽을 때 내가 가진 의지가 소멸하지 않고 일종의 힘으로 재분배된다는 것. 모든 생명은 이런 힘을 품고 있고, 내가 삶에서 져야 할 막중한 책임은 한동안 이런 힘을 품고 있다가 놓아버리는 일밖에 없다는 것. 그러므로 임박한 죽음에 대해 걱정할 필요가 없다는 것.

그러다 그 순간이 지나면 나는 다시 평소처럼 잃어버린 기억들에 골몰했다. †

생명은 다할지언정 삶은 계속된다. 혈육은 또 다른
혈육을 낳는다.

위대한 대성당들은 그 건축물의 건축가를 직접 만나봤을
수도 있는 선대 석공의 뒤를 이어 후대 석공들이 세대를
거쳐 완성한 결과물이다. 그러니 그들에겐 신을 믿는다는
것이 얼마나 기꺼운 일이었을까.

건축가가 아닌 영원을 위해 돌 위에 돌을 쌓는다는 건
얼마나 기꺼운 일인가.

17세기에 지어진 어느 대성당*의 비문에는 라틴어로
이렇게 쓰여 있다. 그대여, 그의 기념비를 찾고 있다면
주변을 둘러보라.

비문은 대성당 돔 정중앙 아래 둥글고 판판한 검은
대리석에 새겨져 있다. 그 둥근 대리석을 갖다 놓은
사람은 건축가의 아들이다.

위대한 인간의 모습을 상상하는 것은 쉬우니, 아버지가
지은 대성당이 아버지의 혈육의 혈육보다 더 오래
사랑받으리라는 사실을 아는 아들의 모습을 상상해
보라. †

---

* 크리스토퍼 렌(Christopher Wren, 1632~1723)이 설계한 영국의 세인트 폴
  대성당으로, 비문의 '그'는 건축가 크리스토퍼 렌을 가리킨다.

인류 역사상 가장 오래된 것으로 알려진 동굴벽화는 기원전 3만 년에 그려졌다. 벽화에는 추상적인 무늬와 동물 그림, 그리고 인간의 손을 그린 형상도 담겨 있다.

이 그림을 그린 사람은 자신의 손바닥을 벽에 밀착한 상태에서 입으로 염료를 불어 색을 입힌 후 손을 뗀 듯하다.

그런 다음 손끝부터 손목까지 붉은 황토색으로 얼룩진 채로 동굴 밖으로 걸어 나갔을 것이다.

누군가가 죽으면 그와 함께 얼마나 많은 감정이 사라지는지, 죽은 사람에게 인생이 어떤 의미였는지를 기록하기 위해 우리가 소수의 사람들이 들려주는 이야기에 얼마나 의존하는지. 생각해 보면 꽤나 견디기 어려운 일이다. †

한 친구가 자신의 할머니의 할머니의 할머니의 할머니의
소유였던 도자기 그릇 더미를 유산으로 물려받았다.
그릇은 깨진다는 점이 마음에 들어. 친구가 말했다.
깨지면 다시 이어 붙일 수 있잖아.

남편이 산산조각 난 코뼈를 재건하는 수술을 받으러
수술실로 들어가기 전, 마취과 의사가 정맥 주사로
벤조디아제핀*을 투여했다고 말했다.

벤조디아제핀은 선행성 기억상실증**을 유발한다.
남편이 내 귀에 대고 사랑해, 라고 속삭였을 때 나는 바로
그의 귀에 대고 속삭였다. 방금 그 말 기억 못 할 거야.†

* 불안과 불면증 치료에 사용하는 신경 안정제의 일종.
** 단기 기억을 장기 기억으로 바꾸어주는 해마가 손상되면 나타날 수 있는
   증상으로, 기억상실의 원인이 된 사건 이후에 일어난 일들을 기억하지 못한다.

임신했을 때 나는 무언가에 치명상을 입혔다. 단지 나
자신에게만, 상징적인 치명상을 입힌 것이 아니라 내
아이에게도 실제적인 치명상을 입혔다.

내 안에서 꿈틀거리던 불완전한 살덩이는 그때부터 이미
필멸의 존재였다. †

임신 기간 동안 나는 아무것도 기억할 수 없었다.
정보라는 것이 내 기억 속으로 들어갔다가 녹아 없어지는
것 같았다.

일기도 하등 도움이 되지 않았다.

입덧에 시달리며 소진되는 초기 몇 달의 시간이 지나자
내가 앞으로 할 작업이 눈에 들어오기 시작했다. 바로
이것, 즉 쓰기였다. 이는 이미 폭발해 형체 없는 잔해가
되었어도 어쨌거나 서로 하나인 것들을 한데 맞붙이는
작업이자, 삶에서 엄청난 걸림돌처럼 보이는 일이
실제로는 그렇지만은 않음을 상기하는 작업이었다. †

금붕어의 단기 기억 지속 시간은 믿기 어려울 만큼 짧다고들 하지만, 사실 금붕어는 정보—가령 특정한 소리—를 최대 5개월 동안 기억할 수 있다. 한 보고서의 주장에 따르면 그렇다.

어디선가 듣기로는 심지어 신생아도 엄마의 몸 밖으로 나온 직후 몇 달 동안 자궁 안에서 들은 수중음을 기억한다고 한다.†

만삭 때 한 친구의 아버지가 2년 전에 돌아가셨다는
말을 전해 듣고 곧바로 정신없이 애도의 편지를 보냈다.
그러자 친구에게 답장이 왔다. 2년 전에 내가 이미
애도의 편지를 보냈다는 내용이었다. 전혀 기억나지 않는
일이었다.

또 다른 친구는 자기가 사는 아파트에 도둑이 들었다고
했다. 나는 너희 개가 다치지 않아서 천만다행이야, 하고
말했다. 친구는 몇 개월 전에 반려견을 안락사로 보내
주었다고, 나 역시 그 사실을 알고 있었다고 말했다.
그 또한 전혀 기억나지 않는 일이었다.

나는 머리를 쥐어짜며 이 세상을 떠난 사람들을 순서대로
떠올려보았다. 먼저, 당연히 지금은 사망하고 없는
18세기 작곡가와 내가 태어나기 전에 살았던 사람들이
떠올랐다. 나의 조부모님도 두 분 다 돌아가셨다.
일하면서 알게 된 사람 중에는 최근에 한 소설가와
모노드라마 배우가 사망했다. 친구도 몇 명 죽었다.
수년간 혼수상태에 빠져 있던 한 친구의 의붓어머니도
몇 년 전에 돌아가셨다. 나는 생각했다. 다행이야, 전부
다 잊어버린 건 아니었어. †

내가 임신 9개월 차에 접어들 무렵, 시어머니가 병원에서 치료를 받기 시작했다.

주치의는 지금 내 몸 상태로 바다를 건너 시어머니를 보러 가는 건 안 될 일이라고 했다. 남편은 아이가 태어나는 순간을 놓치고 싶어 하지 않았다. 동시에 자신을 낳아 길러준 어머니의 임종을 지키는 일도 놓치고 싶어 하지 않았다.

나는 분만을 앞당겨보려고 라즈베리 차를 하루에 몇 리터씩 마셨다.

계획을 세울 수 없는 두 사건이 약 1만 킬로미터의 거리를 두고 각자의 때를 준비하고 있었다.

남편의 휴대폰이 울렸다. 시어머니를 간병하고 있는 의붓 여동생이 건 전화였다. 그래, 하고 남편이 대답했다. 잠시 후 그가 말했다. 저예요, 엄마. 며칠 동안 남편 입에서 한 번도 나오지 않은 말이었다. 내 심장이 마구 쿵쾅거렸다. 마치 이럴 줄 알고 있었다는 듯이. †

남편은 모든 것을 사진으로 남긴다. 열차 승강장에 단단히 묶여 있는 전선 다발, 해 질 무렵 비행기 창문 밖으로 보이는 구름, 잠자고 있을 때의 내 발 모양까지.

남편은 회사에서 해고당했을 때 컴퓨터 하드 드라이브에 저장된 파일을 몽땅 삭제했다. 그런 다음 컴퓨터를 그 상태로 회사에 반납했다. 그날 밤이 되어서야 자신이 지금까지 찍은 어머니의 마지막 모습이 담긴 사진들을 복사하는 것을 깜빡했다는 사실을 알아차렸다.

남편이 잃어버린 사진 속 시어머니는 손으로 턱을 괴고 있다. 몸은 운하 위 테라스로 연결되는 유리문을 향하고 있다. 음식을 먹어도 더 이상 영양분을 섭취하지 못하는 몸 탓에 피골이 상접한 모습이다.

시어머니의 모습에서 평소의 그분답지 않은 절망감이 느껴진다. 그 사진은 마치 갑작스레 시한부 선고를 받고 그보다 5년이나 더 살았던 시어머니가 살고 싶어 하지 않았을 순간을 포착한 것 같다. †

내 자궁 경부가 50퍼센트 소실*되었다는 말을 들은 날,
시어머니는 당신 생의 마지막 스물네 시간을 살고 있었다.

하나뿐인 손자가 태어나기 3주 전, 시어머니는 수개월 전
병에 걸리고도 지구를 떠나지 않고 참을성 있게 자신을
기다려준 늙은 말과 함께 세상을 떠났다.†

---

*   자궁 경부가 짧아지는 것을 자궁 경부의 소실이라고 한다. 자궁 경부가 50퍼센트
     소실되었다는 말은 가령 진통 전 2센티미터였던 자궁 경부 길이가 진통 후
     1센티미터가 되었음을 의미한다.

그리고 나는 엄마가 되었다. 엄마가 된 나는 이전과는 전혀 다른 시간을 살기 시작했다. 그때부터 시간은 필멸과 결부되었다. 나는 계속 일기를 썼지만, 잃어버린 기억에 대한 우려는 잦아들기 시작했다. †

갓난아이에게 젖을 먹이다 보면 너무나도 많은 시간이 허비되고, 너무나도 많은 텅 빈 시간이 생겨난다. 밤에 젖을 먹이는 동안 나는 아무것도 기억하지 못한다. 낮에 젖을 먹이는 동안 나는 거의 아무것도 기억하지 못한다.

이 '아무것'이란 수년 전 기록 없이 흘러간 '아무것'과는 달랐다. 이 새로운 '아무것'에는 주관적인 경험이 결여되어 있었다. 나는 늘 잠들어 있거나 거의 잠든 상태였기 때문이다.

하루의 낮과 밤이 몸속에서 모유를 만들고 몸 밖으로 모유를 짜내는 일로 채워졌다. 이런 일은 대체로 긴급하게 진행되었는데, 사실 모든 긴급 상황이 엇비슷했다. 새벽에 아이 방 바닥에 축축하고 작은 담요와 축축하고 작은 옷이 쌓여 있는 것을 보았다. 그런데 왜 녹색 내의가 아니라 노란색 내의가 있는지 그 경위가 전혀 기억나지 않았다.

내가 경험한 수유는 기다림이었다. 엄마는 아이가 살아가는 배경이 되고, 시간이 된다.

나는 시간의 연속성에 저항하며 존재하는 사람이었다. 그러다 나는 아이의 연속성이, 아이가 살아가는 연속적인 시간의 배경이 되었다. 나는 언제나 아이를 위해 존재하는 온기이자 우유였고, 언제나 아이에게 위안을 주는 주체였다.

→

→ 내 몸, 내 삶은 내 아이의 삶을 이루는 풍경이 되었다.
나는 더 이상 이 세상을 살아가는 하나의 개체가 아니다.
나는 하나의 세상이다. †

20대 때 나는 아름다운 것을 목격할 때마다 하던 일을 멈추고 글을 썼다. 일종의 촌스러운 의식이었다. 글을 통해 연애사도 낱낱이 파헤쳤다. 그러면 각각의 관계에서 새로운 지점이 보였다.

30대는 연애가 아닌 다른 것에 관한 글쓰기로 채웠다. 내가 썼던 단어들, 그리고 세상에 이미 존재하는 글들 덕분에 통과할 수 있었던 수월한 혹은 가혹한 시간들을 일기에 기록했다. 운동과 살림 같은 고결한 활동들도 기록했다. 지난 10년에 대한 격정적이고 과장된 표현은 서서히 솎아냈다.

30대가 끝나가고 40대에 접어들 무렵에는 일기가 더 간결해졌다. 대부분의 문장이 동사로 시작했다. 주어는 특별히 강조하고 싶을 때만 썼고, 거의 모든 문장에서 '나(I)'를 생략했다. 일기에는 주로 일과 건강, 즉 증상과 약물과 부작용을 적었다. 살림에 대해서는 더 이상 적지 않았다. 어떤 특별한 것을 읽거나 보거나 들으면 글을 썼지만, 나이가 들면서 그런 일이 점점 줄어들었다. 숙고하는 시간 자체가 사라지다시피 했다.

20년 가까이 좋아한 밴드의 콘서트 소식을 들은 것이 5년 전이었는데, 지금껏 영상 한 번 찾아 보지 않았다. 일기에 아직도 가사를 다 알아, 라고 적었을 뿐이다. 20년 전이라면 한 문장이 아니라 스무 문장은 적었을 텐데.

→

→ 아이가 놀라운 일을 하면 딱 그것만 일기에 적겠다고
  생각하고 있지만, 이제 내 일기는 대부분 아이에 관한
  이야기로 채워져 있다. †

때로 아이는 7시 30분에 모유를 먹고 나서 다음 수유 시간인 8시 30분이 될 때까지 줄곧 울었다.

아무 말 없이 다음 1분을, 다음 한 시간을 기다리는 능력이 내 삶을 대체해 버렸다.

내게는 아무런 생각도, 어떤 자의식도 없었고, 다만 소리를 빽빽 지르고 또 소리를 빽빽 지르는 자그마한 생명체와 앉아 있을 수 있는 능력만 생겼다.

아이가 모유를 먹거나 모유를 그만 먹거나 트림을 하거나 방귀를 뀌거나 노란 액체를 게워내기를 기다리는 동안 나는 샤워와 전화 통화와 배변 활동을 미루었다. 연락이 와도 무시했다. 너무 피곤해, 라는 말을 할 에너지조차 없었던 데다가 내가 피곤하다는 사실에 아무도 신경 쓰지 않았기 때문이다. 이 세상에 피곤하지 않은 사람은 없다. 아이를 갖기 전의 나도 늘 피곤했던 것이 생각난다. 그러나 아이가 내 삶에 들어온 후 나는 극도의 피로로 앞이 안 보일 지경이었다. 잠옷 차림으로 안방과 아이 방을 왔다 갔다 하며 나흘을 내리 보내기도 했다. †

한때 나는 스무 살이었다. 그다음에는 스물한 살, 스물두 살…. 그러다 엄마가 되었고, 그러고 나니 스물하나와 스물둘의 차이라든가 서른여덟과 서른아홉의 차이조차 더는 분간하지 못하게 됐다.

한때 나는 더 온화하고 더 강인했다. 강인함은 고통을 감내하는 능력이고, 강인함이 있어야 고통에 잡아먹히지 않은 채 온화함을 간직할 수 있다. 온화함, 그 무형에 가까운 평온함 속에서 나는 아이를 안았다.✝

시어머니가 돌아가시고 얼마 되지 않아 돌아가신
시아버지와 막역했던 친구의 전처도 돌아가셨다. 남은
사람은 시아버지의 친구뿐이다. 남편이 어느 날 그분
이야기를 꺼냈다. 이제 그분만 남은 거야. 남편이 말했다.
이제 그분만, 내가 태어났을 때부터 나를 알았던 분들
중에서 유일하게 그분만 남은 거야. 그리고 이제 내
유년기는 완전히 사라져버리겠지.✝

한 친구가 내가 엄마가 되기 전에 여기저기 묻고 다녔던
온갖 절박한 질문을 담은 편지를 보내왔다. 그때 너는 몇
살이었어? 결혼한 지 몇 년째였어? 임신하기까지 얼마나
걸렸어?

나는 이렇게 답장했다. 내 삶의 가장 큰 위안 중 하나는
내가 아이를 갖게 될지 말지 더는 궁금해할 필요가
없다는 거야. †

시간은 내가 그저 시간을 살아내고 있을 뿐임을 끊임없이
상기시킨다. 그런데 어느 순간부터 좀 더 부드러운
방식으로 상기시키기 시작했다.

한번은 꿈속에서 내 책상 위에 놓인 구식 태엽 메트로놈
하나를 발견했다. 뒤에서 어떤 남자의 목소리가 들렸다.
책상 위에 있는 거 진짜 메트로놈이에요?

또 한번은 꿈속에서 한 노부인이 내게 이렇게 말했다.
영혼은 결코 사라지지 않는다는 사실을 내가 아가씨
나이였을 때 알았더라면 좋았을 텐데….†

어쩌면 내가 수년간 위대한 음악 천재들의 피아노 연주곡을 공부했기 때문에, 혹은 몇몇—한 명은 시각 장애를 가진—진짜 천재들과 함께 공부했기 때문에, 열일곱 살이 되었을 때 나는 내가 돌이킬 수 없이 실패한 삶에 접어들었다고 확신했다.

실패의 악취—그게 나를 덮쳐오는 것을 느꼈다.

이제는 내가 그 무엇도 성취하지 못하리라는 사실을 알 만큼 나이를 먹었다. 나는 결코 군인도, 물리학자도, 그 밖의 수천 가지 무엇도 되지 않을 것이다. 안도감이 든다.

이따금 짜릿한 통증이 느껴지고, 젊은 시절에 한 약속들이 떠오르고, 내가 어떻게 여기까지 왔는지 궁금해지고, 내가 가볼 수 있었을지도 모를 장소들이 생각난다.

나는 지금 집주인의 피아노를 글쓰기용 책상으로 쓰고 있다. †

내 수업을 듣는 학생들은 아직도 자신이 결코 될 리 없는 것이 무엇인지 모른다. 학생들이 품은 희망은 내 눈에도 보일 만큼 밝다.

예전에는 학생들을 보며 그들이 자신의 욕망을 성취할 수 있을지 여부를 판단하곤 했다. 이제는 그런 판단을 하지 않는다. 아직 시험에 든 적 없는 그들의 희망을 존중하기 때문이다. 언젠가 여기 있는 200명 중 몇 명은 자신이 반드시 되어야 한다고 생각하는 무언가가 될 것이라는 점에도 신경 쓰지 않는다. 앞으로 펼쳐질 미래에 대해 그들 각자가 품은 믿음을 내가 목격할 수 있다는 점에만 신경 쓰고 있다.

더 이상 나는 중간 과정 말고는 그 무엇도 믿지 않는데, 내 학생들은 여전히 시작을 믿는다. 직접 물어보라. 그럼 그들은 모든 것이 이제 막, 정말 이제 막 시작되려는 참이라고 말할 것이다.

그런 초심자의 희망, 최초의 실패와 함께 끝을 맞이하는 희망—아이와 있을 때면 나도 늘 그런 희망을 품었다.†

68

한 파티에서 만난 두 젊은이와 나눈 대화에서 빠져나오지
못한 나는 그 연기 자욱한 복도에서 15년이 흐를 때까지
기다렸다가 그들이 마흔이 되면 어떤 말을 할지 듣고
싶었다. †

어떤 꿈에서 아직 이가 나지 않은 아이의 입속에 이가 다 나 있었다. 안쪽 어금니들까지 모든 이가 다 날 때까지, 턱 전체가 분홍색과 하얀색으로 이루어진 시계처럼 모든 이를 딱딱 맞부딪치며 수개월, 수년이라는 시간에 박자를 맞출 때까지, 그만큼의 시간이 흐를 때까지 오래도록 시선을 다른 곳으로 돌리고 지낸 시절의 꿈이었다.

그다음에 꾼 꿈에서는 아이의 솜털 같던 머리털이 덥수룩한 장발로 자라 있어서 날이 무딘 가위로 잘라주어야 했다. 그때도 아이의 몸은 시간의 흐름을, 내가 알아차리지 못한 시절을 기록하고 있었다.†

몇 개월 동안 아이는 오전 7시에 일어나 우유를 먹고 8시 30분에 잠들고, 10시에 일어나 우유를 먹고 11시 30분에 잠들었다. 그날 하루가 다 가도록 계속 그랬다. 아이는 마치 우유 시계 같았다.

매 시간 우유를 더하거나 덜어내는 의례화된 의식(儀式)이 이루어졌다. 아이의 몸 안으로, 아이의 몸 밖으로, 아이의 몸 주변으로 우유의 강이 흘렀다. 아이는 자신의 남은 인생을 향해 흐르는 우유의 강을 따라 둥둥 떠내려갔다. †

전언어적 기억*을 상실하는 이유 중 하나는 언어를 익히고 나면 전언어적 기억에 접근하는 방법을 잊어버리게 되기 때문이다.

아이가 장난감을 갖고 노는 모습을 지켜보다가 내가 쓰던 유아용 침대 난간에 고정돼 있던 주황색 플라스틱 패널이 떠올랐다. 거기에는 빨간 고무로 만든 손톱만 한 크기의 둥근 공기 주머니 하나, 종 하나, 딸깍거리는 흑백의 크랭크 손잡이 하나, 원래 청홍색이지만 빠른 속도로 팽팽 돌리면 자주색을 띠는 공 하나가 붙어 있었다.

내 뇌가 그 기억을 저장하고 있었다. 그 모든 질감과 색깔과 모양과 소리를. 누군가가 내게 갓난아이 때 일을 성인이 될 때까지 기억하는 것이 가능하냐고 6개월 전에 물었다면 아니라고 대답했을 것이다. 하지만 나는 38년 동안 한 번도 들춰보지 않은 기억을 간직하고 있었다.†

* 언어로 서술할 수 있는 '명시적 기억'이 형성되기 이전의 생의 초기 기억.

작은 숟가락으로 아이에게 밥을 먹이다가 문득 내
턱 밑으로 질질 흐르는 음식을 어떤 숟가락 하나가
긁어모아 다시 내 입으로 밀어 넣었던 기억이 떠올랐다.
그렇게 질질 흐르는 음식, 이미 맛본 후 침과 섞여 묽어진
음식은 결코 맛있었던 적이 없다.

주황색 플라스틱 패널에 또 뭐가 붙어 있었을까? 종이
댕댕 울렸고, 손잡이가 딸각 움직였고, 회전하는 공이
팽팽 돌았다. 공기 주머니가 종의 추를 위로 밀어 올렸다.
추가 위로 움직이면서 은색 볼트로 고정된 은종을 때리는
것이 보였다.

그 작은 빨간 공기 주머니를 다시, 다시, 또다시 누르고
싶었던 기억이 떠올랐다. 공을 다시, 다시, 또다시
회전시키고 싶었던 기억도. 자주색을 보고 싶었던
기억도. 종소리를 듣고 싶었던 기억도. 나는 그 종이 계속
울리는 것이 좋았다.

문득 거울이 있었다는 사실도 기억해 냈다.

나는 물리적인 세상에 대해 그야말로 아무 말도 할 수
없었을 때의 기분을, 내 몸이 언어를 위한 도구가 되기도
전에 기억을 위한 도구였다는 사실을 상기하려 애쓰고
있었다. †

언제나 온갖 것들이 수많은 것에 대한 기억을 상기시키곤
했다.

그러다가 18개월 정도 그런 일이 벌어지지 않았다.
그때 나는 일기에 오로지 사실만 적었다. 젖 먹이는 데
걸린 시간, 수유량, 수면 시간만.

모든 것이 그냥 그 자체로 존재했다. 내가 너무
고단해서였는지, 호르몬에 취해서였는지, 우울해서였는지
알 수 없지만, 다른 뭔가를 닮은 것들에 대해 생각할 수가
없었다.

그것이 바로 갓난아이가 세상을 보는 방식이다. †

출산 후의 어느 날, 한물간(*obsolete*)이라는 말이
도통 떠오르지 않아 시간을 한참 허비했다.
또 어느 날에는 쉽게 휘둘리는(*suggestible*)이라는
표현이, 또 어느 날에는 깔때기(*funnel*)라는
단어가 떠오르지 않았다. 갓난아이를 키우는 엄마들의
어휘력이 줄어들어야 하는 이유라도 있는 걸까?
제한된 어휘를 사용해야 하는 특별한 이유라도 있나?
그럼 나는 깔때기에 대해 생각할 필요가 없었던 건가?
온갖 추상명사에 대해서도? †

어린 시절의 내가 아이의 시선으로 바라본 엄마라는
존재는 계속해서 변화하고 발전하는 인간 유기체, 즉
질적으로 젊은이와 유사한 존재가 아니라, 일종의 고정된
개체이자 하나의 거대한 돌기둥이었다.

최근 들어 나는 양적 차원이 아니라 질적 차원에서
늙어버렸다. 존재의 상태가 늙어버렸다. 과거의 내가
되고 싶었던 사람과 어느 정도 비슷해졌다는 사실을
받아들이게 되었다.

아이를 낳은 후, 나라는 사람은 근본적으로 늘 똑같은
사람이었다. 물론 이제 막 엄마가 된 여성들, 특히 나보다
젊은 세대의 여성들이 모두 그렇지는 않을 것이다.
그런데 지금 나는 하나의 거대한 돌기둥이 된 기분이다.
내가 혹독한 시절을 극복할 수 있었던 것은 엄마가 된
것과 연관이 있고, 엄마가 된 것은 내가 질적으로 늙은
것과 연관이 있고, 내가 질적으로 늙은 것은 매분, 매시,
매일을 인식하고 곱씹으며 일기에 기록할 시간과 삶이
바닥나 버린 것과 연관이 있다.

이것은 내가 어느 정도 시간의 흐름에 익숙해졌다는
뜻이기도 하다. 나는 더 이상 내게 일어나는 일에 특별히
신경 쓰지 않는다. 어제와 비교해 달라진 점을 더 이상
결연하게 관찰하지 않는다. †

그러나 나는 내 어린 아이가 변하는 모습을 매분, 매시, 매일 관찰하고 있다. 아이가 뭔가를 배우는 모습을 관찰하는 것은 흡사 어떤 기계가 지능을 갖게 되는 과정이나 어떤 동물이 다른 동물이 되는 모습을 지켜보는 것과 유사하다. 섬뜩하고도 아름다운 일인데, 이건 이미 다 한 적 있는 이야기다.

남편이 유년기를 보내고, 시어머니가 삶과 죽음의 시간을 보낸 섬에서 우리는 매일 무지개를 본다. 희미하게 나타났다 사라지는 무지개의 일부분이 아니라 환히 빛나는 완전한 활 모양의 무지개, 활이 때로는 이중이고 때로는 삼중인 무지개다. 이 섬에는 무지개가 흔하디흔하다. 운전면허증에도 새겨져 있다. 어찌나 온갖 것에 드리워 있는지 놀라울 정도다. 새에도, 나무에도, 별에도, 구름에도, 아이들에게도, 그 밖의 온갖 것에 무지개가 드리운다. 현실 세계는 수요와 공급의 법칙과 무관하게 돌아간다.†

아이가 생후 8개월이 되었을 때 나는 임종을 앞둔 어머니에게 "저예요, 엄마"라고 말했던 성인 남성과 나를 동일시하는 일을 그만두었다. 그 대신 그에게 그런 말을 들은 여성, 언젠가는 자기 아이를 혼자 내버려둘 엄마가 되어가고 있다는 사실을 자각했다. †

무언가를 지속하는 일에 내포된 본질적 문제는 시간을
고려해야 한다는 것이다. 그 이유는 인생의 어떤
시기에는 시간이라는 것이, 심사숙고해 온 바로 그
주제가 통째로 사라질 수 있기 때문이다.

언젠가부터 나는 산문을 쓸 때 시간을 들여 주제를
관찰하기도 전에 그 주제를 비평하거나 요약해
버리기 시작했다. 나는 어쩔 수 없이 이런 습관을 내
산문의 주제로 삼았다. 이를테면 모성의 맹렬한 속도,
심사숙고하는 시간을 용납하지 않고 불도저처럼 밀어
붙이는 힘에 대한 글을 썼다.

관찰하고 묘사하는 대신 요약해 버리는 습관이 생겼다.
관찰하고 묘사하는 데 시간을 들이는 것은 이기적이고
사치스럽고 비(非)모성적인 일일까?

자신의 아이를 진정으로 관찰한다는 것이, 작가들이 응당
하는 방식대로 아이를 냉철하게 관찰하는 동시에 아이를
사랑한다는 것이 가능할까? 세상의 모든 엄마들이 글이
막히는 상황—이를테면 인식이 막히는 상황을 겪을까? †

시간 속에 홀로 남겨진 기억들은 요약본의 형태로
굳어진다. 원본은 복구가 불가능하다.

어느 날 아이가 작은 강아지 인형을 보조 의자에 살며시
앉혀놓고 팬케이크를 한 조각 떠먹였다. 지금쯤이면
희미해져야 마땅한 기억인데도 여전히 그 기억을
떠올리면 사랑스럽다는 생각이 차오르면서 몸에 힘이
빠지고 때때로 목이 멘다.

기억이 두근두근 고동친다. 시간 속에 홀로 남겨진
기억은 점점 강해지고 있다.

아이는 누군가가 장난감에 팬케이크를 먹이는 장면을
한 번도 본 적 없다. 그건 스스로 떠올려서 한 행동이다.
그런 행동을 떠올릴 정도의 사랑이라니. 고작 몇 년만
지나면 절대로 그런 행동을 하지 않게 될 것이다. 그런
참을 수 없는 달콤함이라니.

더 많은 감정을 기억할수록 그 감정은 강해진다. 닳아
없어지지 않는다. 점점 더 커진다. 새로운 사랑이 낳은
자연스러운 부산물이다.†

아이가 태어나고 나서도 여전히 아이를 가져야 할지,
결혼을 해야 할지, 이미 이사 왔거나 떠난 이 도시로
또는 저 도시로 이사를 해야 할지 고민할 때가 있다.
온갖 중요한 문제가 아직까지 내 머릿속을 떠돈다. 수면
부족으로 현재에 대한 인식이 둔해질 때, 내 기억은 그런
과거의 순간을 현재 진행 중인 사건처럼 떠올린다.

나는 선형적인 시간이 실제 시간, 모든 시간, 늘 흐르고
있는 영원이라는 시간을 압축해 놓은 시간임을 이토록
선명하게 이해해 본 적이 없다. †

출산 후 1년이 지났을 때도 내 기억은 여전히 손상을 입은 상태였다. 그때는 글쓰기가 즐거웠다. 며칠 전에 내가 무엇을 썼는지 깡그리 잊었고, 내가 쓴 글을 다시 읽으면 마치 다른 사람의 일기를 읽는 기분이 들었다.

심지어 내가 한 말조차 기억하지 못했다. 수업 시간에 학생들이 내가 지난 수업에서 했다는 어떤 말을 전해 주었을 때, 나는 애매모호한 태도로 수긍했다. †

엄마가 되기 전에 나는 삶이 충만하다고 느꼈다.
그런데 아이가 없는 것보다는 있는 것이 나은 것 같다는
말이 나오면 공격적인 말투가 튀어나오곤 했다.
다른 양육자들이 더없이 상냥한 어조로 아이가 있는 삶을
예찬하면 왠지 모르게 모욕당하는 기분이 들었다.

어쩌면 문제는 삶의 형태가 고무줄처럼 늘어났다
줄어들었다 한다는 사실, 그에 따라 우리가 다양한
층위의 충만감을 느낀다는 사실에 있는 듯하다. 그게
아니라면 삶의 충만감을 판단하는 우리의 능력이
형편없는 것인지도 모른다. 그것도 아니라면 공허감과
충만감이라는 개념이 행복에 대한 형편없는 은유인지도
모른다. 우리가 진짜로 말하고 싶은 것이 행복이라면
말이다. ✝

다르게 말해 보겠다. 그러니까, 아이와 함께 있으면
인간이 할 수 있는 온갖 경험을 맹렬한 속도로 통과하는
편도 여행길에 오른 기분이 든다. †

문제는 내가 너무 많은 것을 기록하지 못했다는 사실이다. 이렇게 쓰기는 했지만 어째서 나는 충분히 애를 쓰면 모든 것을 기억할 수 있다고 생각한 걸까? †

내가 질병에 관한 글을 쓴 것은 증세가 완화되기 시작한 지 7년째 되었을 때다. 증상은 그 후로 4년 더 나타났다.

그때는 몰랐지만 진짜 문제는 질병, 지금도 완전히 사라지지 않은 그 질병이 아니었다. 질병에 대해 생각하는 것이 문제였다. 이제는 더 이상 그에 대해 생각하지 않는다. 적어도 예전처럼 강박적으로, 모든 것을 소진해 버릴 때까지 생각하지는 않는다.

어떤 일이 벌어졌는지 잊을지도 모른다는, 어떤 일이 벌어지고 있는 건지 알아차리지 못할지도 모른다는 걱정을 끊임없이 품었다. 과거에 벌어진 일을 잊어버린 탓에 어떤 끔찍한 일이 일어날지도 모른다고 걱정했다.

어쩌면 모든 불안은 순간에 대한 병적인 집착, 인생을 지속적인 경험으로 받아들이지 못하는 태도에서 기인하는 건지도 모르겠다. †

기억상실로 2년가량 곤란한 시간을 보내고 났더니, 내가
잊고 있는 모든 것에 대해 덜 걱정하게 되었다.

이번 주에는 우유 사는 것을 잊어버렸다. 지난해에는
납세 신고 하는 것을 잊어버렸다. 그래도 나는 계속
살아간다. †

시간이 흐른다는 것의 가장 좋은 점은 시간을 다 써버리는 특권, 필멸의 파도가 나 그리고 내가 아는 모든 사람 위로 부서지는 광경을 지켜보는 특권을 누릴 수 있다는 데 있다. 더 이상의 시간도, 더 이상의 잠재력도 없다. 모든 것을 배제하는 특권. 끝내는 특권. 내가 끝났음을 아는 특권. 그리고 나 없이도 시간은 계속 이어질 것임을 아는 특권.

나를 보라, 영원이라는 시간을 배경으로 잠시 우스꽝스러운 춤을 추는 나를.✝

그렇다면 나는 왜 계속 일기를 쓸까?

일기를 통해 나는 흘러가는 시간을 꼭꼭 씹어 소화하고 차곡차곡 정리해, 그 시간에 대해 더 이상 생각할 필요가 없게 만든다. 만일 내가 모든 시간을 과거에 대해 생각하는 데 써버린다면 미래로 나아가지 못할 것이다, 라는 문장을 쓴 적이 있다. 지금은 그렇게 생각하지 않는다. 나는 계속 나아갈 것이다. 나 자신이 생각만으로 시간을 멈출 수 있을 만큼 강력한 힘을 갖고 있다고 생각했다니, 이 얼마나 터무니없는 믿음인가.

나는 어느 시점부터 쓰기 시작했으니, 어느 시점이 되면 쓰기를 중단할 것이다. 계속 쓰는 일에 이 이상의 의미는 없다. †

결과를 바라보며 일하고 있다는 생각을 자주 한다.
그러나 막상 어떤 결과에 도달하는 순간, 내 모든 기쁨은
결과를 위한 길을 닦고 그 길을 밟는 데 있었음을 깨닫게
된다.

그래서 나에게 끝이라는 형식은 매력적이지 않다. 내가
시작이나 끝보다 지속하는 과정을 즐긴다는 사실이 나를
위로한다. ✝

아이가 태어나기 전, 일기는 나로 하여금 존재를 유지할
수 있게 해주었다. 일기는 말 그대로 나라는 존재를
구성했다. 일기를 쓰지 않고 있으면 나는 아무것도
아닌 존재였다. 그러던 중 아이가 태어났고, 아이는
내가 쓰기를 필요로 하는 것보다 더 나를 필요로 했다.
내게는 아이에 관한 글을 쓰는 일이 필요했지만, 아이는
그보다도 더 나를 필요로 했다.

아이를 품에 안고 앉아서 젖을 먹이고, 아이의
뒤치다꺼리를 한 시간은 내가 아이를 전적으로 감당한
것만큼이나 나의 불안을 전적으로 떠안아주었다.
돌이켜보면 그 시간이 지금은 영속적이라고 느껴지는
마음의 변화를 불러왔다.†

엄마가 되기 전에는 늘 이런 질문을 해왔던 것 같다.
이렇게 많은 것을 잊어버리고도 살아남을 수 있을까?

이제 나는 망각이 내가 삶에 지속적으로 관여한
대가임을, 시간에 무심한 어떤 힘의 영향임을 이해하게
되었다. †

이 글이 어떻게 시작되었는지 기억을 되살려보면,
이 글을 어떻게 시작할지 걱정했던 기억이 떠오른다. †

아이는 행복하게 지내고 있다.

아이가 말을 처음 배울 무렵에 내뱉은 단어 중 하나는 뱀부(*bamboo*)였다. 아이는 어디를 가든 그곳에 있을 때도 있고 없을 때도 있는 뱀부를 외쳤다. 뱀부! 아이는 자기 곰 인형을 뱀부라고 부르고, 뱀부를 속삭이며 잠들었다.

시간이 흘렀다. 아이는 이 세상에 익숙해졌다. 더 많은 단어를 익혔다.

아이의 밝은색 머리칼이 길어졌다.

아이에게는 모든 것이 새롭다. 처음 본 도마뱀. 처음 간 장례식. 우리는 이제 아이의 나이를 연 단위로 센다.

미래는 계속 생겨나고 있다.

아이는 여전히 살아 있지만 작은 남자아이는 사라지고 없다. 빛이 꺼졌다.

아이의 빛은 꺼졌지만, 그 빛은 아이의 뒤를 잇는 살아 있는 것들을 통해 의기양양하게 반짝인다. 시간이 다 되면, 잠재력이 다 소진되면, 빛은 그다음으로 밝은 빛으로, 또 그다음으로 밝은 빛으로 옮겨갈 것이다.　　　　→

→ 섬광이 번쩍인다—그러면 나는 사라지지만, 보라, 끝없이 이어지는 빛의 세계를 통과하는 몸들의 울렁임을.

보라, 우리는 여기에 있다, 지금까지도. †

지금 나는 일기가 내가 잊은 순간의 모음집이라고,
내가 끝낼 수 있을 뿐 아니라 언어가 끝낼 수도 있는
기록이라고, 말하자면 불완전한 것이라고 생각한다.

언젠가는 내가 잊은 몇몇 순간들, 내가 스스로 잊어도
된다고 허락한 순간들, 내 뇌가 애초에 잊을 수밖에
없는 순간들, 내가 기꺼이 잊고 또 쓰기를 통해 기꺼이
되살려낸 순간들을 일기 속에서 발견하게 될지도
모르겠다. 경험은 더 이상 경험이 아니다. 경험은 쓰기다.
나는 여전히 쓰고 있다.

그리고 나는 모든 것을 잊고 있다. 이제 내 목표는 모든
것을 잊고 말끔한 상태로 죽음을 맞이하는 것이다.
그저 사랑에 관한 아주 애매모호한 기억만, 내가 위대한
결속의 주체였던 순간에 대한 기억만 간직한 채로. †

나오며

이 에세이에 내 일기를 인용해야 할지 말아야 할지를
몇몇 친구에게 물으면서 마음속으로는 인용하지 말라는
대답이 나오기를 바랐다.

내가 원하는 대답을 한 사람은 아무도 없었다.

하지만 나는 내 일기를 읽고 싶지 않았기 때문에
이런저런 구실을 갖다 붙여 인용하지 않기로 했다.
인용구 하나 없는 책, 존재의 순수한 상태에 관한 책을
머릿속에 그려보았다. 순수한 경험에 관한 책에 다른
자료를 인용할 수는 없다. 그런 책은 오로지 경험 그
자체만 참고할 수 있다.

일기를 읽으면 내가 기억에 의지해서 쓴 일기에 관한
글을 다시 고쳐 써야 할까 봐 두려웠다. 그러나 그보다 더
두려운 것은 1992년과 1997년과 2003년과 그 이후의
나라는 사람이 남긴 유물을 마주하는 일이었다. 시간은
모든 것을 앗아감으로써 우리에게 벌을 내리지만, 우리를
구하기도 한다. 모든 것을 앗아감으로써. 다른 사람—
그가 이미 죽은 사람이라 할지라도—앞에서 했던 말과
행동은 여전히 부끄럽다.

그런데 취약 계층에 속한 사람들에게 꾸준히 보건 의료
서비스를 제공하고 있는 한 소꿉친구가 보낸 편지를

읽다가 깨달았다. 이래서는 안 되겠다고. 절박한 사람들의 손에 말라리아 약을 쥐여줄 수 없다면 처신이라도 똑바로 해야 했다. 내가 세상에 도움이 될 수도 있는 것을 감추고 있지 않다고 확신할 수 있어야 했다. 내가 할 수 있을지도 모르는 중요한 일이 누군가의 극단적 선택을 막을 수 있는 글을 쓰는 것이라면, 내가 해야 하는 최소한의 일은 우선 나의 일기를 읽는 것이었다. 만약에 대비해서 말이다.

대단히 거창하게 들리겠지만, 자기 자신에 관해 생각하고 글을 쓰는 것이 직업인 경우에는 억지스럽고 어이없을 정도로 스스로를 대단하게 평가하는 것이 우선이다. 그래야만 한다. 그렇지 않다면 나는 아예 글을 쓰지 않았을 테니까. 온종일 인터넷 서핑만 했을 테니까.

공교롭게도 중요한 결정을 내리고 몇 주가 지났을 때 여섯 시간 동안 비행을 할 일이 있었다. 나는 읽을 수 있는 것 중에서는 일기만 챙기는 식으로 나름대로 준비를 했다. 비행기가 이륙했다. 기내식이 나오기 시작했다. 나는 쌉쌀한 커피를 반 잔 마셨고, 23개의 파일 중에서 첫 번째 파일을 열었다.

일기를 읽으면서 몇몇 구절을 복사했다. 사회 계급에 관한 설득력 있는 구절이 있었다. 쓸데없는 성적 우스갯소리도 조금 있었다. 1995년의 기록을 읽기 시작할 무렵 비행기가 목적지에 다다랐다. 참 대단한 해였는데.

10만 단어 정도를 대강 훑어본 후 내가 따로 수집한 구절들을 살펴보았다. 데이비드 막슨의 소설에서 약 10쪽 정도를 떼어놓은 것 같은 글, 어떤 잘 정리된 토막글 모음을 보게 되리라고 기대했다.

결과물은 내 기대와 딴판이었다.

어찌해 볼 여지도 없이 제멋대로 쓴 글 모음이었다. 그 암흑 같은 글을 읽다가 번뜩 형식이라는 과제가 머릿속에 떠오른 순간, 나는 내가 가장 좋은 발췌문을 수집하려면 일기를 몇 배는 더 많이 읽어야 한다는 사실을 인식했다. 그러나 나에게는 그렇게 할 시간도 배짱도 없었다. 대학 입학 후 첫 20일 동안 아주 못마땅한 기분에 사로잡힌 도시 촌놈의 미숙한 기록을 다시 읽는 것만으로도 컴퓨터 칩이든 트랜지스터든 컴퓨터가 기억하게 만드는 부품을 모조리 잡아떼 버리고 싶은 충동이 일었다.

나의 수집 전략은—가령 달마다 14일 치의 기록 또는 문장 1000개를 단위로 할 때 첫 문장을 수집하는 등—우려스러울 정도로 임의적이었다. 그런 임의성 탓에 내가 가장 좋은 발췌문을 선택한 건지 아닌지, 발췌할 만한 좋은 문장이 있기는 한 건지 알 수 없어 괴로웠다.

그러나 그보다 더 큰 문제는 개인적 기록인 일기가 그 자체로 말이 되게 쓰이지 않았다는 데 있었다. 일기는 어제에서 벗어나지도, 내일로 향하지도 않았다. 일기는

상위의 형식에서 분리된 형식 같은 것을 갖고 있지
않았다. 말하자면 일기 자체에는 형식이 아예 없다고
봐야 했다. 일기는 그저 축적, 그저 하루 하루 하루
하루의 축적이었다.

어떤 서사는커녕 그 무엇의 전조도 보여주지 않는 모든
사건을 끌어다놓은 전기를 상상해 보라. 일기에 쓰인
내용은 대부분 어떤 전조도 보여주지 못한다. 일기에
나타나는 일이나 감정은 대부분 현재에 일어나고
사라진다. (내가 일기를 현재 시제로 쓴다고 얘기했던가?
나는 그렇게 쓴다.)

시간이 흐르고 독자가 늘면 독자를 염두에 둔 글쓰기의
위협은 더 많은 위험을 초래할 뿐이다, 라고 언젠가 썼고
그렇게 믿었다. 그리고 잊었다. 그러다 이 문장을 다시
읽었고, 이제 다시 그렇게 믿는다.

지금껏 독자를 신경 쓰지 않고 쓴 글은 일기가 유일하다.

1~2년 치 일기만 발췌하고 수정해서 별도의 작품으로
묶을 수도 있지만, 1~2년만 발췌(어느 해를 택해야
하나?)하면 단지 몇 년이 아니라 모든 해의 기록인 『망각
일기』의 핵심에서 벗어나게 될 뿐이다. 『망각 일기』는
최고의 글을 모은 책이 아니다. 단일 항목으로서의 일기,
산문과 떼려야 뗄 수 없는 거대한 한 항목으로서의
일기에 관한 책이다.

나는 이 책에 일기를 실을 유일한 방법이 일기 전체를
그대로 싣거나—그랬다면 800쪽이 늘어났을 텐데—아예
싣지 않는 것이라고 판단했다. 독자를 염두에 두지 않고
쓴 글을 독자에게 선보이는 방법을 나는 몰랐고, 글의
일관성이나 형식에 있어서 아무런 지향점도 없는 80만
단어에 육박하는 원고를 편집해 달라고 편집자에게
요청할 수도 없었다.

그리하여 일기에 관한 이 책에 내 일기를 포함할 수
있는 유일한 방법은 일기를 참고하고 새로운 글을 계속
써나가는 것뿐이었다.

이 책을 암흑 물질로, 또는 목성의 여러 위성 중 하나로,
또는 무엇이 됐건 당신이 믿어야 하는 것으로 생각해
주기를 바란다.

— 로스앤젤레스에서,
세라 망구소

감사의 말

짐 베럴, 메건 클리어리, 케일라 길레스피, 실라 헤티, 첼시 허드슨, 제니퍼 L. 녹스, 아이린 루스티그, 프랭크 망구소, 주디스 망구소, PJ 마크, 테드 멀케린, 매기 넬슨, 이선 노소스키 외 그레이울프 출판사의 모든 관계자들, 줄리 오링어, 마서 론크, 미르타 산티소, 데이비드 실즈, 제이디 스미스, 마리야 스펜스, 로린 스타인, 노엘리타 타일리엄, 앤트완 월슨, 딘 영, 존 사이먼 구겐하임 재단, 애덤 채프먼에게 이 책을 바치며 나의 지속적인 감사를 전한다.

옮긴이의 말

세라 망구소는 2002년 첫 시집을 발표한 이래 꾸준히
시와 소설, 산문을 펴내고 있는 미국의 시인이자 소설가다.
그동안 대담한 상상력과 시적인 표현을 통해 단호함과
강단이 느껴지는 자화상을 그려낸다고 평가받은 그는
『망각 일기』에서도 자신만의 방식으로 시간, 삶과 죽음,
기록에 대한 강박, 엄마로서 아이와 맺은 관계를 되짚는다.

『망각 일기』는 이보다 앞서 펴낸 두 편의 산문집, 즉
9년간의 투병 경험을 바탕으로 질병과 고통과 회복을
말한 2008년 작 『쇠락의 두 가지 유형(The Two
Kinds of Decay)』, 자살로 생을 마감한 친구를 향한
그리움과 슬픔을 담은 2012년 작 『수호자들(The
Guardians)』과 유사한 결을 가진 작품이다.
세 작품 모두 일종의 애도의 책이라는 점에서 그러하다.
다만 앞선 두 전작에서는 갑작스럽게 들이닥친 질병과
자살로 생을 마감한 친구가 애도의 대상이었다면, 『망각
일기』에서는 25년간 강박적으로 써온 일기가 그 중심에
자리한다.

삶을 기록하지 않으면 그 삶을 잃을지도 모른다는 공포를
오랫동안 품고 살아온 망구소는 『망각 일기』를 매개로
과거를 돌이켜보면서 시간과 기억 그리고 일기로부터
스스로 해방되는 과정을 겪는다. 《위어드 시스터》와
한 인터뷰에서 그는 오랜 시간 품고 살아온 불안과

이별하는 특별한 경험을 기록하기 위해 『망각 일기』를 썼고, 지금도 일기를 쓰기는 하지만 근원적인 불안과 강박은 사라졌다고 말했다. 그에게 『망각 일기』는 원제(Ongoingness: The End of a Diary)의 부제 '일기의 끝'이라는 표현에서 드러나듯 25년간 일기를 쓰게 만든 마음속 불안의 끝에 관한 이야기인 셈이다.

일기 쓰기를 통해 매 순간을 빈틈없이 붙잡고 삶의 서사를 구축하려 했던 망구소의 오랜 분투에 제동을 건 것은 임신과 출산 그리고 육아였다. 아이를 낳아 기르며 엄마로 살아가는 동안 망구소는 그리 오래되지 않은 일부 기억은 애당초 아예 일어난 적 없는 일처럼 까맣게 잊은 반면, 생애 초기의 전언어적 기억 등 보통은 기억하지 못하는 특별한 일부 기억은 정확하고 생생하게 떠올렸다. 쉽사리 잊기 어려운 일은 잊어버리고 잊는 것이 더없이 자연스러운 일은 또렷하게 기억한 경험은 그의 삶에 존재하던 기억과 기록에 대한 강박을 내려놓는 계기로 작용했고, 더 나아가 시간에 대한 그의 인식을 변화시키고 심화했다.

《더 화이트 리뷰》와 한 인터뷰에서 망구소는 『망각 일기』가 이전, 이후, 도중, 단축된 시간, 지속되는 시간 등 시간의 다양한 층위를 탐구하는 일련의 작업을 완결하는 작품이라고도 말한다. "특히 저는 『망각 일기』가 자살에 대해 이야기하는 『수호자들』의 속편이라고도 생각해요. 『수호자들』을 탈고하기 무섭게 제 안에 『망각 일기』를 쓰고 싶은 마음이 있다는 사실을 깨달았거든요. 뭐가 됐건 계속 지속되기를 바라는 심정으로요."

시간과 그 시간 속 존재들이 지속하기를 바라는 마음, 시간과 그 시간 속 존재들을 잃을까 두려운 마음으로 매 순간을 기록하려 애썼던 망구소는 "시작도 끝도 허구라는 것, 역사는 시작하거나 끝나지 않고 계속된다는 것을 인정할 수밖에 없는 순간"(46페이지)을 만난 후 시간과 색다른 관계를 맺으며 살아간다. 그가 『망각 일기』에 25년 치 일기장을 채우는 80만 자 이상의 검은 글자만큼이나 책장을 가득 메우는 흰 여백을 담은 이유는 글자로 붙박아두지 못한 소리와 침묵, 시작과 끝이 어디건 아무튼 계속해서 흐르며 불멸하는 시간을 나누기 위한 일이었을지도 모른다.

이 글을 매듭지으면서 독자들과 나누고 싶은 짧은 글이 하나 있다. 망구소가 《더 화이트 리뷰》와 한 인터뷰에서 언급한 버지니아 울프의 『지난날의 스케치』 중 한 대목이다. "이런 것들이 내 최초의 기억이다. 그러나 이 기억들은 내 삶에 대한 기록인 만큼 당연히 사실과 다를 수 있다. 기억하지 못하는 것은 그 나름대로 중요하며, 어쩌면 기억하는 것보다 더 중요할 수도 있기 때문이다."

2022년 11월
양미래

추천의 말

세라 망구소는 『망각 일기』를 통해 전통적 형식의 회고록에 도전장을 내민다. 그는 25년 동안 80만여 단어를 사용해 일기를 썼지만, 이 책에서는 그 일기를 전혀 인용하지 않는다. 일반적인 일기에서 기대되는 고백 대신 삶을 쓴다는 것에 대해 쓴다. 이 책에 포함된 고백은 타인의 관심을 사기 위한 것이 아니라 자기비판을 위한 것이다. 망구소는 자신의 일기가 누군가에게 읽히기 위해 쓰인 것이 아니라고 말한다. 순수함으로 빚어낸 그의 글은 두 배로 증류한 술 같다. 맥주보다는 위스키에 가깝다.

　　이러한 방식의 글쓰기는 자기 고백적 글을 쓰는 작가들에게 어떤 대안을 제시한다. 쓰기의 목적은 누군가의 관심이나 동정을 구하는 데 있지 않다. 이 책에 쓰인 삶은 사적인 것이 아니다. 어떤 주장에 대한 근거다. 그것에는 논쟁의 여지가 있다. 글 속의 '나'를 이런 식으로 작동시키는 것은 새로운 형태의 친밀감을 만들어낸다. 관음증에서 비롯된 교감이 아니라 공동 탐구다. 작가와 독자는 지저분한 삶 속에서 필연적으로 직면하게 되는 동일한 질문을 함께 탐구하게 된다.
— 레슬리 제이미슨, 『공감 연습』 저자

작지만 막대한 힘을 품은 책이다. 그 선명하고 치열한 언어에 경탄하지 않을 수 없다. — 제이디 스미스, 『하얀 이빨』 저자

세라 망구소는 오늘날 영미 문단에서 가장 독창적이고
흥미로운 작가 중 한 명이다. 단어 하나하나가 필수
불가결하다. 그는 새로운 장르를 쓰고 있다.
— 줌파 라히리,『축복받은 집』 저자

시간과 기록을 고찰하는 이 빼어난 책은 회고록 형식을
뒤흔들고 재발명한다.『망각 일기』는 분량은 짧아도 결코
가볍지 않은 책이다. 세라 망구소는 놀라운 섬세함과
탐나는 재치로 방대한 영역을 아우르는 글을 써냈다.
— 제니 오필,『사색의 부서』 저자

아이를 낳은 후 나는 일종의 거울 역할을 해줄 만한 책을
찾으려고 사방을 뒤졌다. 그러는 동안 어처구니없는 책을
많이도 샀다. 이제는 뭐가 문제였는지 알 것 같다. 내가
원한 책은 시간에 관한 책, 필멸에 관한 책이었다. 세라
망구소만큼 형식 면에서는 과감한 시도를 하고, 내용
면에서는 조금도 타협하지 않고 엄격한 태도를 취하는
작가가 과연 또 있을까 싶다. — 미란다 줄라이, 영화 감독

『망각 일기』는 출생, 결혼, 질병, 애도, 모성, 예술 등 삶과
죽음에 이르는 심오한 과정과 신화를 정면으로 마주한다.
세라 망구소의 모든 책이 그렇듯이『망각 일기』가
보증하는 것은 쓰기 그 자체다. 좀 더 정확하게 말하자면,
쓰기에 대한 글이 가장 중요한 요소다. 저자이자 화자이자
연사이자 주인공인 세라 망구소는 인간의 가장 근본적인
질문, 즉 '왜 사는가'라는 질문을 절대 하지 않는다. 그러나

이 질문의 무게감은 이 책에 예사롭지 않은 목적과 기세와 가치를 부여한다. 경이롭다. — 데이비드 실즈, 『문학은 어떻게 내 삶을 구했는가』 저자

대담하고, 기품 있고, 정직하다. 『망각 일기』는 중독자의 진술로도, 고백으로도, 찬양으로도, 비가(悲歌)로도 읽히는 다채로운 글이다. —《파리 리뷰》

예술가의 딜레마에 대한 정밀한 초상화. 삶을 통해 죽음의 울타리를 벗어나는 법을 찾아낸다. —《뉴욕타임스》

정교하게 연마된 글. 이 얇은 명상록은 글을 인용하고 싶은 욕구를 불러일으킨다. —《NPR》

세라 망구소는 시간과 기억에 대한 복잡한 생각을 순수한 원석으로 정제하고, 글쓰기를 통제 수단으로 검토한다는 점에서 리디아 데이비스와 유사한 프루스트풍의 미니멀리스트다. 명상적 에세이 혹은 고백적 시로 분류되는 이 책은 한 재능 있는 작가의 창의적 진화와 사려 깊은 성찰을 반영하고 있다. —《커커스 리뷰》

『망각 일기』에서 세라 망구소는 여백의 승리를 보여준다. 책의 어떤 부분을 펼쳐도 명료한 산문이 지면의 일부분만을 차지할 뿐이다. 여백이 좀 더 우세하다. 이 부재(不在)는 시간의 흐름에 의해 상실되는 모든 것을 상징한다. 망구소는 지난 일을 슬퍼하지 않으며, 언어를

통해 이를 붙잡으려 하지도 않는다. 『망각 일기』에서 그는
완전하지 않은 기억만으로도 충분하다고 말한다.
―《북포럼》

『망각 일기』는 일기 쓰기를 실천하는 일에 대한 명상이다.
세라 망구소는 무언가를 기록하고자 하는 욕망이 시간의
흐름에 따라 어떻게 변화하는지 추적한다. 망구소의
예술은 적은 단어로 많은 의미를 내포한다는 점에서
시적이다. 그는 문장에 대한 어떤 종류의 믿음을 가지고
있다. ―《가디언》

누군가의 회고록을 읽는 것은 이제 자연스러운 일이
되었다. 타인의 삶을 판단하려는 태도와 정서적 관음증이
도처에 깔려 있다. 삶의 단편을 모아놓은 SNS가
매일같이 우리를 공격한다. 자신의 삶을 낱낱이 보고하는
것으로는 나의 입장이나 감정을 다른 사람에게 온전히
전달할 수 없다. 세라 망구소는 『망각 일기』를 통해 내부
세계를 기록하고 자신의 삶을 효과적으로 보존하는 데
성공했다. ―《뉴요커》

망각 일기

1판 2쇄 발행 2025년 1월 20일

지은이
세라 망구소

옮긴이
양미래

편집
김지선

교정·교열
최현미

디자인
포뮬러

제작
공간

발행처
필로우
등록번호 제2020-000099호
문의 pillow.seoul@gmail.com

ISBN 979-11-975596-9-3 03800